Fabrício António Pinheiro Correia

"Missionar"

Fabrício António Pinheiro Correia

"Missionar"

Missão ao Serviço do Próximo

CREDO EDICIONES

Imprint
Any brand names and product names mentioned in this book are subject to trademark, brand or patent protection and are trademarks or registered trademarks of their respective holders. The use of brand names, product names, common names, trade names, product descriptions etc. even without a particular marking in this work is in no way to be construed to mean that such names may be regarded as unrestricted in respect of trademark and brand protection legislation and could thus be used by anyone.

Cover image: www.ingimage.com

Publisher:
CREDO EDICIONES
ist ein Imprint der / is a trademark of
International Book Market Service Ltd., member of OmniScriptum Publishing Group
17 Meldrum Street, Beau Bassin 71504, Mauritius

Printed at: see last page
ISBN: 978-613-1-35612-4

"Deus enviou-me à terra com uma missão. Só Ele me pode deter, os homens nunca poderão".

Bob Marley

APRESENTAÇÃO

Toda a vocação, em especial a vocação sacerdotal e religiosa, a de cada sacerdote e religioso, ém um mistério.

Cada um de nós poderias contar o seu próprio caminho pessoal e, numa leitura retrospetiva da sua própria vida, daria conta de como o Senhor o conduziu pela mão, através de contecimentos que, num primeiro momento, pareciam não ter nenhum significado particular, através de encontros com pessoas que, à primeira vista, pareceriam totalmente casuais, por um caminho que inicialmente nem sequer deixava suspeitar aonde iria conduzi-lo.

Só uma leitura retrospetiva permite interpretá-los como acontecimentos proféticos ou presságios. O importante é chegar a ver nestes sinais a mão providente de Deus.

Uma paixão pelos pobres, pelos doentes, pelas crianças, especialmente se se trata de crianças doentes, cujo sofrimento é mais difícil de compreender e aceitar, e pelos abandonados ou rejeitados, porque são os prediletos do Senhor, a cuja providência são confiados com a certeza de que não os abandonará, sabendo que os pobres são os verdadeiros "senhores" e senhores "exigentes" que devem ser bem tratados.

Ao longo deste Ano Misionário (2018-2019) dêmos um testemunho da riqueza e variedade do serviço que a Igreja presta à humanidade, e que eu desejo possa ser um instrumento, um chamamento, uma ocasião para aqueles que procuram dar um sentido à sua própria vida num mundo em que frequentemente o jovem se sente desorientado.

Lamego, 1 de outubro de 2018
Festa de Santa Teresa do Menino Jesus
Padroeira das Missões

Pe. Fabrício Pinheiro
(Diretor das Obras Missionárias Pontifícias – Diocese de Lamego)

CARTA DO PAPA FRANCISCO POR OCASIÃO DO CENTENÁRIO DA PROMULGAÇÃO DA CARTA APOSTÓLICA "MAXIMUM ILLUD"

Ao Venerado Irmão

Cardeal Fernando Filoni

Prefeito da Congregação para a Evangelização dos Povos

«No dia 30 de novembro de 2019, ocorrerá o centenário da promulgação da Carta Apostólica Maximum illud, com a qual Bento XV quis dar novo impulso à responsabilidade missionária de anunciar o Evangelho. Estávamos no ano de 1919! Terminado um conflito mundial terrível, que ele mesmo definiu «massacre inútil», o Papa sentiu necessidade de requalificar evangelicamente a missão no mundo, purificando-a de qualquer incrustação colonial e preservando-a daquelas ambições nacionalistas e expansionistas que causaram tantos revés. «A Igreja de Deus é universal – escrevia –, nenhum povo lhe é estranho», exortando ele também a rejeitar qualquer forma de interesses, já que só o anúncio e a caridade do Senhor Jesus, difundidos com a santidade da vida e as boas obras, constituem o motivo da missão. Assim Bento XV deu um particular impulso à missio ad gentes, esforçando-se, com os meios concetuais e comunicativos de então, por despertar, especialmente no clero, a consciência do dever missionário.

Este dá resposta ao perene convite de Jesus: «Ide pelo mundo inteiro, proclamai o Evangelho a toda criatura» (Mc 16, 15). Aderir a este mandato do Senhor não é opcional para a Igreja; é uma «obrigação» que lhe incumbe, como recordou o Concílio Vaticano II[3], pois a Igreja «é, por sua natureza, missionária». «Evangelizar constitui, de facto, a graça e a vocação própria da Igreja, a sua mais profunda identidade. Ela existe para evangelizar». A fim de corresponder a tal identidade e proclamar Jesus crucificado e ressuscitado por todos, como Salvador vivente, Misericórdia que salva, «a Igreja, movida pelo Espírito Santo, deve – afirma também o Concílio – seguir o mesmo caminho de Cristo: o caminho da pobreza, da obediência, do serviço e da imolação própria até à morte», de modo que comunique realmente o Senhor, «modelo da humanidade renovada e imbuída de fraterno amor, sinceridade e espírito de paz, à qual todos aspiram».

Aquilo que há quase cem anos Bento XV tinha a peito e que o documento conciliar nos está a recordar há mais de cinquenta anos, permanece plenamente atual. Hoje, como então, «enviada por Cristo a manifestar e a comunicar a todos os homens e povos a caridade de Deus, a Igreja reconhece que tem de levar a cabo uma ingente obra missionária». A propósito, São João Paulo II observou que «a missão de Cristo redentor, confiada à Igreja, está ainda bem longe do seu pleno cumprimento» e que «uma visão de conjunto da humanidade mostra que tal missão está ainda no começo, e que devemos empenhar-nos com todas as forças no seu serviço». Por isso ele, com palavras que eu gostaria agora de repropor a todos, exortou a Igreja a um «renovado empenhamento missionário», convicto de que «a missão renova a Igreja, revigora a sua fé e identidade, dá-lhe novo entusiasmo e novas motivações. É dando a fé que ela se fortalece! A nova evangelização dos povos cristãos também encontrará inspiração e apoio, no empenho pela missão universal».

Ao recolher na Exortação Apostólica Evangelii gaudium os frutos da XIII Assembleia Geral Ordinária do Sínodo dos Bispos, convocada para refletir sobre a nova evangelização para a transmissão da fé cristã, quis apresentar de novo a toda a Igreja a mesma impelente vocação: «João Paulo II convidou-nos a reconhecer que "não se pode perder a tensão para o anúncio" àqueles que estão longe de Cristo, "porque esta é a tarefa primária da Igreja". A atividade missionária "ainda hoje representa o máximo desafio para a Igreja" e "a causa missionária deve ser (...) a primeira de todas as causas". Que sucederia se tomássemos realmente a sério estas palavras? Simplesmente reconheceríamos que a acção missionária é o paradigma de toda a obra da Igreja».

E tudo aquilo que pretendia expressar continua ainda a parecer-me inadiável: «possui um significado programático e tem consequências importantes. Espero que todas as comunidades se esforcem por atuar os meios necessários para avançar no caminho duma conversão pastoral e missionária, que não pode deixar as coisas como estão. Neste momento, não nos serve uma "simples administração". Constituamo-nos em "estado permanente de missão", em todas as regiões da terra». Com confiança em Deus e muita coragem, não temamos empreender «uma opção missionária capaz de transformar tudo, para que os costumes, os estilos, os horários, a linguagem e toda a estrutura eclesial se tornem um canal proporcionado mais à evangelização do mundo atual que à auto-preservação. A reforma das estruturas, que a conversão pastoral exige, só se pode entender neste sentido: fazer com que todas elas se tornem mais missionárias, que a pastoral ordinária em todas as suas instâncias seja mais comunicativa e aberta, que coloque os agentes pastorais em atitude constante de "saída" e, assim, favoreça a resposta positiva de todos aqueles a quem Jesus oferece a sua amizade. Como dizia João Paulo II aos Bispos da Oceânia, "toda a renovação na Igreja há de ter como alvo a missão, para não cair vítima duma espécie de introversão eclesial"».

Com espírito profético e ousadia evangélica, a Carta Apostólica Maximum illud exortara a sair das fronteiras das nações, para testemunhar a vontade salvífica de Deus através da missão universal da Igreja. A aproximação do seu centenário sirva de estímulo para superar a tentação frequente que se esconde por detrás de cada introversão eclesial, de todo o fechamento autorreferencial nas próprias fronteiras seguras, de qualquer forma de pessimismo pastoral, de toda a estéril nostalgia do passado, para, em vez disso, nos abrirmos à jubilosa novidade do Evangelho. Também nestes nossos dias, dilacerados pelas tragédias da guerra e insidiados pela funesta vontade de acentuar as diferenças e fomentar os conflitos, seja levada a todos, com renovado ardor, e infunda confiança e esperança a Boa Nova de que, em Jesus, o perdão vence o pecado, a vida derrota a morte e o medo e triunfa sobre a angústia.

Com estes sentimentos, acolhendo a proposta da Congregação para a Evangelização dos Povos, proclamo outubro de 2019 como Mês Missionário Extraordinário, com o objetivo de despertar em medida maior a consciência da missio ad gentes e retomar com novo impulso a transformação missionária da vida e da pastoral. Poder-nos-emos preparar convenientemente para ele já através do mês missionário de outubro do próximo ano, de modo que todos os fiéis tenham verdadeiramente a peito o anúncio do Evangelho e a transformação das suas comunidades em realidades missionárias e evangelizadoras; e aumente o amor pela missão, que «é uma paixão por Jesus e, simultaneamente, uma paixão pelo seu povo».

A ti, venerado Irmão, ao Dicastério a que presides e às Pontifícias Obras Missionárias, confio a tarefa de pôr em marcha a preparação deste acontecimento, especialmente através duma ampla sensibilização das Igrejas Particulares, dos Institutos de Vida Consagrada e das Sociedades de Vida Apostólica, bem como das associações, movimentos, comunidades e outras realidades eclesiais. Que o Mês Missionário Extraordinário se torne uma ocasião de graça intensa e fecunda para promover iniciativas e intensificar de modo particular a oração – alma de toda a missão –, o anúncio do Evangelho, a reflexão bíblica e teológica sobre a missão, as obras de caridade cristã e as ações concretas de colaboração e solidariedade entre as Igrejas, de modo que se desperte e jamais nos seja roubado o entusiasmo missionário.»

Do Vaticano, no dia 22 de outubro – XXIX Domingo do Tempo Ordinário, Memória de São João Paulo II, Dia Mundial das Missões – do ano de 2017.

FRANCISCUS

Nota Pastoral da Conferência Episcopal Portuguesa para o Ano Missionário e o Mês Missionário Extraordinário

« "Todos, Tudo e Sempre em Missão"

1. Por motivo do centenário da Carta Apostólica Maximum Illud, de 30 de novembro de 1919, do Papa Bento XV, o Papa Francisco declarou o mês de outubro de 2019 "Mês Missionário Extraordinário", tendo como objetivo despertar para uma maior consciência da missão e retomar com novo impulso a transformação missionária da vida e da pastoral.

Em união com o Santo Padre, queremos celebrar esse centenário apelando a um maior vigor missionário em todas as dioceses, paróquias, comunidades e grupos eclesiais, desde os adultos aos jovens e crianças.

Acolhendo com alegria a proposta do Papa Francisco de um Mês Missionário Extraordinário para toda a Igreja, nós, Bispos portugueses, propomo-nos ir mais longe e celebraremos esse mês como etapa final de um Ano Missionário em todas as nossas Dioceses, de outubro de 2018 a outubro de 2019.

Encontro pessoal com Jesus Cristo

2. Desde o início do seu pontificado, o Papa Francisco tem convidado todo o cristão, em qualquer lugar e situação, a renovar o seu encontro pessoal com Jesus Cristo, a tomar a decisão de se deixar encontrar por Ele e a procurá-l'O dia-a-dia, sem cessar. Repetidas vezes, no seguimento dos seus antecessores, tem lembrado que a ação missionária é o "paradigma de toda a obra da Igreja". Assim sendo, não podemos ficar tranquilos, em espera passiva: é necessário passar de uma pastoral de mera conservação para uma pastoral decididamente missionária.

Com o "sonho missionário de chegar a todos", o Santo Padre tem incentivado a ir às periferias, a ir até junto dos pobres, convidando os jovens a "fazer ruído", a não "ficarem no sofá" a verem a vida a passar. Convida a Igreja a não ficar entre si sem correr riscos, mas ter a coragem de ser uma Igreja viva, acolhedora, dos excluídos e dos estrangeiros.

3. No centro desta iniciativa, que envolve a Igreja universal, estão a oração, o testemunho e a reflexão sobre a centralidade da missão como estado permanente do envio para a primeira evangelização (Mt 28,19). Trata-se de colocar a missão de Jesus no coração da própria Igreja, transformando-a em critério para medir a eficácia das estruturas, os resultados do trabalho, a fecundidade dos seus ministros e a alegria que são capazes de suscitar, porque sem alegria não se atrai ninguém.

Em estado permanente de Missão

4. A preocupação que tinha Bento XV há quase cem anos, e que o documento conciliar Ad gentes nos recorda há mais de cinquenta anos, permanece plenamente atual. Lembrando as palavras de São João Paulo II, "a missão de Cristo Redentor, confiada à Igreja, está ainda longe do seu pleno cumprimento. Uma visão de conjunto da humanidade mostra que tal missão está ainda no começo, e devemos empenhar-nos com todas as forças no seu serviço... A missão renova a Igreja, revigora a sua fé e identidade, dá-lhe novo entusiasmo e novas motivações. É dando a fé que ela se fortalece! A nova evangelização dos povos cristãos há de encontrar também inspiração e apoio no empenho pela missão universal". Só assim nos constituímos em "estado permanente de missão em todas as regiões da Terra".

5. Se Bento XV convidava "cada um a pensar que deve ser como que a alma da sua missão", o Papa Francisco diz que é tarefa diária de cada um "levar o Evangelho às pessoas com quem se encontra, porque o anúncio do Evangelho, Jesus Cristo, é o anúncio essencial, o mais belo, mais importante, mais atraente e, ao mesmo tempo, o mais necessário" (EG 127).

Como discípulos missionários, devemos entrar decididamente com todas as forças nos processos constantes de renovação missionária, pois, hoje, cada terra e cada dimensão humana são terra de missão à espera do anúncio do Evangelho.

Viver a Missão

6. O Papa Francisco indica quatro dimensões para prepararmos e vivermos o Mês Missionário Extraordinário de outubro de 2019:

- *Encontro pessoal com Jesus Cristo vivo na sua Igreja: Eucaristia, Palavra de Deus, oração pessoal e comunitária.*
- *Testemunho: os santos, os mártires da missão e os confessores da fé, que são expressão das Igrejas espalhadas pelo mundo.*
- *Formação: bíblica, catequética, espiritual e teológica sobre a missão.*
- *Caridade missionária: ajuda material para o imenso trabalho da evangelização e da formação cristã nas Igrejas mais necessitadas.*

Estas dimensões de oração, reflexão e ação propostas pelo Santo Padre, assim como o tema do Dia Mundial das Missões em 2019 – "Batizados e enviados: a Igreja de Cristo em missão no mundo" – estarão presentes nas várias iniciativas diocesanas ao longo de todo o Ano Missionário, sempre centrados na Palavra e na Eucaristia: "partilhar a Palavra e celebrar juntos a Eucaristia torna-nos mais irmãos e vai-nos transformando pouco a pouco em comunidade santa e missionária".

7. A missão dada por Jesus aos seus discípulos é impressionante: uma missão ampla "por todo o mundo" (Mc 16,15), "a todas as gentes" (Mt 28,19), eficaz nos "sinais" que a acompanham (Mc 16,17), profunda e alegre, que só pode realizar-se desde a experiência do Ressuscitado e a sua colaboração confirmada (Mc 16,20). Do encontro com a Pessoa de Jesus Cristo nasce a Missão que não se baseia em ideias nem em territórios, mas "parte do coração" e dirige-se ao coração, uma vez que são "os corações os verdadeiros destinatários da atividade missionária do Povo de Deus".

8. As iniciativas e atividades de cooperação missionária são dirigidas e coordenadas em toda a parte, por mandato do Sumo Pontífice, pela Congregação para a Evangelização dos Povos. Contudo, cabe às Igrejas locais, quer a nível nacional, através das Comissões Episcopais das Missões, quer a nível diocesano, na pessoa do próprio Bispo, tarefas semelhantes. A Congregação para a Evangelização dos Povos serve-se, em cada país, das quatro Obras Missionárias Pontifícias (OMP) [Propagação da Fé, Infância Missionária, São Pedro Apóstolo, União Missionária], que sendo as Obras do Papa, são-no também do Episcopado e de todo o Povo de Deus, devendo dar-se-lhes, com todo o direito, o primeiro lugar.

É por isso que apelamos uma vez mais para que em todas as nossas dioceses surjam "Centros Missionários Diocesanos (CMD) e Grupos Missionários Paroquiais (GMP), laboratórios missionários, células paroquiais de evangelização que, em consonância com as OMP e os Centros de animação missionária dos Institutos Missionários, possam fazer com que a missão universal ganhe corpo em todos os âmbitos da pastoral e da vida cristã", que nos animem a ter a coragem de alcançar todas as periferias que precisam da luz do Evangelho, numa missão total que deve envolver Todos, Tudo e Sempre.

Renovação missionária

9. Ao longo deste Ano Missionário, de outubro de 2018 a outubro de 2019, façamos todos – bispos, padres, diáconos, consagrados e consagradas, adultos, jovens, adolescentes, crianças – a experiência da missão. Sair. Irmos até uma outra paróquia, uma outra diocese, um outro país em missão, para sentirmos que somos chamados por vocação a sermos universais, ou seja, a termos responsabilidade não só sobre a nossa comunidade, mas sobre o mundo inteiro.

Paulo VI interpela-nos a "conservar o fervor do espírito e a suave e reconfortante alegria de evangelizar, mesmo quando for preciso semear com lágrimas... É que o mundo do nosso tempo que procura, ora na angústia, ora com esperança, quer receber a Boa Nova dos lábios, não de evangelizadores tristes e desencorajados, impacientes ou ansiosos, mas sim de discípulos missionários do Evangelho cuja vida irradie fervor, pois foram quem recebeu primeiro em si a alegria de Cristo, e são aqueles que aceitaram arriscar a sua própria vida para que o reino seja anunciado e a Igreja seja implantada no meio do mundo".

Não esqueçamos as novas gerações e o mundo dos jovens, que nos chamam a construir uma pastoral missionária "para" e "a partir" dos jovens. No contacto direto com eles, com as suas esperanças e frustrações, anseios e contradições, tristezas e alegrias, anunciemos as boas notícias da parte de Deus. Nesse contacto, à imagem do Senhor Jesus, "o missionário não se irrita, não desanima, não despreza nem trata com dureza... mas a todos procura atrair com bondade até aos braços de Cristo, o Bom Pastor" (MI 43).

10. Que este Ano Missionário se torne uma ocasião de graça, intensa e fecunda, de modo que desperte o entusiasmo missionário. E que este jamais nos seja roubado! Nesse entusiasmo, a formação missionária deve perpassar toda a nossa catequese e as escolas de leigos, e ser inserida nos currículos dos Seminários e das Faculdades de Teologia.

Celebremos este Ano Missionário "sob a proteção de Maria, para que sejamos no mundo sentinelas da madrugada que sabem contemplar o verdadeiro rosto de Jesus Salvador, aquele que brilhou na Páscoa, e descobrir novamente o rosto jovem e belo da Igreja, que brilha quando é missionária, acolhedora, livre, fiel, pobre de meios e rica no amor".»

Conferência Episcopal Portuguesa

Fátima, 20 de maio de 2018, Solenidade do Pentecostes

MENSAGEM DE SUA SANTIDADE

O PAPA FRANCISCO

PARA O DIA MUNDIAL DAS MISSÕES DE 2018

[21 de outubro de 2018]

"«Juntamente com os jovens, levemos o Evangelho a todos»

Queridos jovens, juntamente convosco desejo refletir sobre a missão que Jesus nos confiou. Apesar de me dirigir a vós, pretendo incluir todos os cristãos, que vivem na Igreja a aventura da sua existência como filhos de Deus. O que me impele a falar a todos, dialogando convosco, é a certeza de que a fé cristã permanece sempre jovem, quando se abre à missão que Cristo nos confia. «A missão revigora a fé» (Carta enc. Redemptoris missio, *2): escrevia São João Paulo II, um Papa que tanto amava os jovens e, a eles, muito se dedicou.*

O Sínodo que celebraremos em Roma no próximo mês de outubro, mês missionário, dá-nos oportunidade de entender melhor, à luz da fé, aquilo que o Senhor Jesus vos quer dizer a vós, jovens, e, através de vós, às comunidades cristãs.

A vida é uma missão

Todo o homem e mulher é uma missão, e esta é a razão pela qual se encontra a viver na terra. Ser atraídos e ser enviados são os dois movimentos que o nosso coração, sobretudo quando é jovem em idade, sente como forças interiores do amor que prometem futuro e impelem a nossa existência para a frente. Ninguém, como os jovens, sente quanto irrompe a vida e atrai. Viver com alegria a própria responsabilidade pelo mundo é um grande desafio. Conheço bem as luzes e as sombras de ser jovem e, se penso na minha juventude e na minha família, recordo a intensidade da esperança por um futuro melhor. O facto de nos encontrarmos neste mundo sem ser por nossa decisão faz-nos intuir que há uma iniciativa que nos antecede e faz existir. Cada um de nós é chamado a refletir sobre esta realidade: «Eu sou uma missão nesta terra, e para isso estou neste mundo» (Papa Francisco, Exort. ap. Evangelii gaudium, 273).

Anunciamo-vos Jesus Cristo

A Igreja, ao anunciar aquilo que gratuitamente recebeu (cf. Mt 10, 8; At 3, 6), pode partilhar convosco, queridos jovens, o caminho e a verdade que conduzem ao sentido do viver nesta terra. Jesus Cristo, morto e ressuscitado por nós, oferece-Se à nossa liberdade e desafia-a a procurar, descobrir e anunciar este sentido verdadeiro e pleno. Queridos jovens, não tenhais medo de Cristo e da sua Igreja! Neles, está o tesouro que enche a vida de alegria. Digo-vos isto por experiência: graças à fé, encontrei o fundamento dos meus sonhos e a força para os realizar. Vi muitos sofrimentos, muita pobreza desfigurar o rosto de tantos irmãos e irmãs. E todavia, para quem está com Jesus, o mal é um desafio a amar cada vez mais. Muitos homens e mulheres, muitos jovens entregaram-se generosamente, às vezes até ao martírio, por amor do Evangelho ao serviço dos irmãos. A partir da cruz de Jesus, aprendemos a lógica divina da oferta de nós mesmos (cf. 1 Cor 1, 17-25) como anúncio do Evangelho para a vida do mundo (cf. Jo 3, 16). Ser inflamados pelo amor de Cristo consome quem arde e faz crescer, ilumina e aquece a quem se ama (cf. 2 Cor 5, 14). Na escola dos santos, que nos abrem para os vastos horizontes de Deus, convido-vos a perguntar a vós mesmos em cada circunstância: «Que faria Cristo no meu lugar?»

Transmitir a fé até aos últimos confins da terra

Pelo Batismo, também vós, jovens, sois membros vivos da Igreja e, juntos, temos a missão de levar o Evangelho a todos. Estais a desabrochar para a vida. Crescer na graça da fé, que nos foi transmitida pelos sacramentos da Igreja, integra-nos num fluxo de gerações de testemunhas, onde a sabedoria daqueles que têm experiência se torna testemunho e encorajamento para quem se abre ao futuro. E, por sua vez, a novidade dos jovens torna-

se apoio e esperança para aqueles que estão próximo da meta do seu caminho. Na convivência das várias idades da vida, a missão da Igreja constrói pontes intergeracionais, nas quais a fé em Deus e o amor ao próximo constituem fatores de profunda união.

Por isso, esta transmissão da fé, coração da missão da Igreja, verifica-se através do «contágio» do amor, onde a alegria e o entusiasmo expressam o sentido reencontrado e a plenitude da vida. A propagação da fé por atração requer corações abertos, dilatados pelo amor. Ao amor, não se pode colocar limites: forte como a morte é o amor (cf. Ct 8, 6). E tal expansão gera o encontro, o testemunho, o anúncio; gera a partilha na caridade com todos aqueles que, longe da fé, se mostram indiferentes e, às vezes, impugnadores e contrários à mesma. Ambientes humanos, culturais e religiosos ainda alheios ao Evangelho de Jesus e à presença sacramental da Igreja constituem as periferias extremas, os «últimos confins da terra», aos quais, desde a Páscoa de Jesus, são enviados os seus discípulos missionários, na certeza de terem sempre com eles o seu Senhor (cf. Mt 28, 20; At 1, 8). Nisto consiste o que designamos por missio ad gentes. A periferia mais desolada da humanidade carente de Cristo é a indiferença à fé ou mesmo o ódio contra a plenitude divina da vida. Toda a pobreza material e espiritual, toda a discriminação de irmãos e irmãs é sempre consequência da recusa de Deus e do seu amor.

Hoje para vós, queridos jovens, os últimos confins da terra são muito relativos e sempre facilmente «navegáveis». O mundo digital, as redes sociais, que nos envolvem e entrecruzam, diluem fronteiras, cancelam margens e distâncias, reduzem as diferenças. Tudo parece estar ao alcance da mão: tudo tão próximo e imediato... E todavia, sem o dom que inclua as nossas vidas, poderemos ter miríades de contactos, mas nunca estaremos imersos numa verdadeira comunhão de vida. A missão até aos últimos confins da terra requer o dom de nós próprios na vocação que nos foi dada por Aquele que nos colocou nesta terra (cf. Lc 9, 23-25). Atrevo-me a dizer que, para um jovem que quer seguir Cristo, o essencial é a busca e a adesão à sua vocação.

Testemunhar o amor

Agradeço a todas as realidades eclesiais que vos permitem encontrar, pessoalmente, Cristo vivo na sua Igreja: as paróquias, as associações, os movimentos, as comunidades religiosas, as mais variadas expressões de serviço missionário. Muitos jovens encontram, no voluntariado missionário, uma forma para servir os «mais pequenos» (cf. Mt 25, 40), promovendo a dignidade humana e testemunhando a alegria de amar e ser cristão. Estas experiências eclesiais fazem com que a formação de cada um não seja apenas preparação para o seu bom-êxito profissional, mas desenvolva e cuide um dom do Senhor para melhor servir aos outros. Estas louváveis formas de serviço missionário temporâneo são um começo fecundo e, no discernimento vocacional, podem ajudar-vos a decidir pelo dom total de vós mesmos como missionários.

De corações jovens, nasceram as Pontifícias Obras Missionárias, para apoiar o anúncio do Evangelho a todos os povos, contribuindo para o crescimento humano e cultural de muitas populações sedentas de Verdade. As orações e as ajudas materiais, que generosamente são dadas e distribuídas através das POMs, ajudam a Santa Sé a garantir que, quantos recebem ajuda para as suas necessidades, possam, por sua vez, ser capazes de dar testemunho no próprio ambiente. Ninguém é tão pobre que não possa dar o que tem e, ainda antes, o que é. Apraz-me repetir a exortação que dirigi aos jovens chilenos: «Nunca penses que não tens nada para dar, ou que não precisas de ninguém. Muita gente precisa de ti. Pensa nisso! Cada um de vós pense nisto no seu coração: muita gente precisa de mim» (Encontro com os jovens, Santiago – Santuário de Maipú, 17/I/2018).

Queridos jovens, o próximo mês missionário de outubro, em que terá lugar o Sínodo a vós dedicado, será mais uma oportunidade para vos tornardes discípulos missionários cada vez mais apaixonados por Jesus e pela sua missão até aos últimos confins da terra. A Maria, Rainha dos Apóstolos, ao Santos Francisco Xavier e Teresa do Menino Jesus, ao Beato Paulo Manna, peço que intercedam por todos nós e sempre nos acompanhem."

Vaticano, 20 de maio – Solenidade de Pentecostes – de 2018.

FRANCISCO

Introdução

" Para mim viver é Cristo". Hoje deixo de viver para mim, para que possa viver para vós, para os outros. "Para mim viver é Cristo" é o significado de que quero orientar o resto da minha vida pelos passos do Mestre. Morro para mim mesmo e vivo para todos.

Vivo em Cristo para "amar mais, louvar mais, admirar-me mais, estremecer mais, espantar-me mais!

Talvez para ti esta declaração não seja muito significativa. "Para mim viver é Cristo" – claro que é. Se não fosse Ele, quem seria? Mas para um pouco e pensa. Não sejas tão rápido em concordar comigo.

Paulo escreveu a carta que contém esta afirmação à igreja de Filipos: "para mim, viver é Cristo" (Fp 1, 21). Quando a lemos, percebemos que é um texto cheio de alegria, onde Jesus é engrandecido e glorificado. Resumindo, é um livro cheio de encorajamento para os crentes da igreja em Filipos. Por isso ficamos tão surpresos quando descobrimos que Paulo era prisioneiro quando a escreveu. É completamente extraordinário e surpreendente que ele escreveu um texto tão encorajador, cheio de tanto louvor a Deus, naquela situação. O normal seria esperar justamente o oposto da parte de um prisioneiro: Paulo a precisar urgentemente de coragem e alento. Mas era ele quem animava os cristãos de Filipos.

Consegues exclamar com a mesma paixão de Paulo: "Para mim viver é Cristo!"?

Essa é uma prova bem evidente de que, na prisão, Paulo não amaldiçoava o seu destino nem estava desesperado por estar ali. Mesmo naquelas circunstâncias, ele tinha só um alvo em mente, que era falar aos outros do amor de Jesus. Pela carta ficamos a saber que ele estava cheio do Espírito Santo e, por isso, tinha condições de dizer conscientemente: "para mim, viver é Cristo". Esta não era uma frase vazia, fácil aos seus lábios. Basta relembrar um pouco do ministério de Paulo, de tudo o que ele desejava alcançar no campo missionário, das viagens que planeava fazer, dos lugares que ainda queria visitar para pregar o Evangelho – e agora, de repente, no meio da intensa atividade para Deus, todos os seus planos foram frustrados e ele encontrava-se confinado entre as paredes de uma prisão. Apesar disso, ele ainda tinha a convicção de que "Cristo é minha vida".

Cristo é tua vida também? Para ti, o viver é somente Cristo? Quem condiciona e dirige a tua vida? Tu consegues exclamar com a mesma paixão de Paulo: "para mim, viver é Cristo!"?

Não será o dinheiro que desempenha o papel central na nossa vida tão agradável? Ou, se não for o dinheiro, talvez seja a nossa aparência, a nossa fama ou aquilo que os outros pensam de nós? Será que o mais importante é ver os outros a falar bem de nós e saudar-nos com cortesia? "Olhem para mim! Eu sou tão fixe, tão porreiro! Vede como me oferecem o melhor lugar!" Ou será que a essência da nossa vida é divertir-nos até não poder mais? O lazer está no topo da nossa lista de prioridades?

Em Lucas 12, 34 está escrito: "Onde está o vosso tesouro, aí estará também o vosso coração". Onde está o teu tesouro? Onde está o teu coração? No banco, junto da conta número 4875? Ou no mundo, com as celebridades e os famosos? No campo de futebol? Na televisão? Na internet?

O nosso tesouro está nos céus – pelo menos é ali que ele deveria estar – e por isso o nosso coração deveria ser direcionado para as coisas celestiais e não para as terrenas. Amar a Jesus, segui-lO e obedecer-lhe é o mais importante da nossa vida.

Sou de Cristo e sou feliz... Sabes porquê? Porque acredito no Amor de Deus por mim.

A missão é de Deus na qual somos chamados a cooperar. O Mês Missionário tem a sua origem no Dia Mundial das Missões (penúltimo domingo do mês de Outubro). A data foi instituída pelo papa Pio XI em 1926, como um dia de oração e ofertas em favor da evangelização dos povos. O objectivo é incentivar, nas Igrejas locais, a cooperação missionária. São apenas alguns os missionários e missionárias que partem. Porém, toda a comunidade tem o dever de participar activamente na missão universal. Essa cooperação realiza-se de três formas: 1° pela oração, sacrifício e testemunho de vida; 2°por meio da ajuda material aos projectos missionários; 3° colocando-se à disposição para servir na missão ad gentes. As missões precisam de missionários e missionárias.

Não podes ir mas podes ajudar! Serás capaz de aceitar esta Missão?

CAPÍTULO I

Conceito de Evangelização

A *evangelização* consiste na arte de evangelizar, de anunciar o Evangelho. A palavra Evangelho, no Novo Testamento, é definida como a *boa nova* Jesus Cristo. Como afirma António Couto:

> "*...dificilmente podemos hoje traduzir o termo* euaggélion *por "evangelho", e muito menos confundi-lo com um livro. Uma boa tradução terá de passar* euaggélion, *não por "evangelho", mas por "evangelização", dado que* euaggélion *significa anunciar a notícia feliz da Ressurreição de Jesus. É, no cristianismo primitivo, um nome de ação,um* nomen actionis, *e não um nome de estado, um* nomen status*"*[1].

Pelo anúncio e pela pregação do próprio Jesus Cristo, da Sua Ressurreição e da Sua mensagem "*a Igreja é toda ela missionária, e a obra da evangelização é um dever fundamental do Povo de Deus,...*" (AG 35) com a finalidade de que quem recebe esta alegre notícia se converta num autêntico filho de Deus e da Igreja "*conscientes da responsabilidade pessoal na difusão do Evangelho*" (AG 35) para que possa chegar à plenitude de uma vocação sobrenatural com a prática das boas obras (Cf RM[2] 7-10).

A evangelização é uma vocação própria de toda a Igreja, tendo o dever de fazer chegar o Evangelho a todos os homens, respondendo desta forma à missão que recebeu de Cristo: "*Ide*" (Mt 28, 19).

O Concílio Vaticano II chamou a atenção para o caráter missionário da Igreja, surgindo um esforço ecuménico. Multiplicaram-se as Igrejas locais e as comunidades cristãs inseriram-se mais na vida dos povos e "*aprouve, porém, a Deus chamar os homens à participação da sua vida, não só individualmente, excluído qualquer género de ligação*

---

[1] A. COUTO, *Introdução ao Evangelho segundo Mateus*, 9-10.
[2] Carta Encíclica *Redemptoris Missio* (=RM).

mútua, mas constituídos num povo, no qual os seus filhos, que estavam dispersos, se congregassem na unidade (cf Jo 11, 52)" (AG 2).

Em 1974 celebrou-se o sínodo episcopal, em Roma, sobre a evangelização. Fruto deste encontro é a Exortação Apostólica do Papa Paulo VI *Evangelii Nuntiandi* que dá um impulso decisivo a este tema afirmando que "*a Igreja existe para evangelizar*" (EN[3] 14). Tal acontecimento deu um enorme rigor ao tema, uma vez que se refere tanto à doutrina como à prática pastoral que até então estaria algo esquecida.

No que diz respeito à evangelização o *Diretório Geral da Catequese* fala desta como sendo um processo, pelo qual a Igreja responde ao mandato de Cristo e, movida pelo Espírito Santo anuncia e difunde o Evangelho a todos os homens (Cf DGC[4] 48), até mesmo entre aqueles que o ignoram devido ao facto de terem perdido a sua identidade cristã.

Perante tais exigências a evangelização é uma tarefa difícil. Não é difícil porque pretende chegar a todos os homens do mundo, mas sim porque implica múltiplas atividades e circunstâncias para as quais se deve estar preparado. O mundo está sem alma, sem força, sem vigor, sem valores. Neste momento de terror, de medos, de guerras e de insegurança é óbvio que a evangelização não se cumpre apenas com palavras. Ela realiza-se com palavras, mas também com obras, com o testemunho, com o ensinamento, com a oração e com um compromisso pessoal e social (Cf DGC 39).

O empenho numa evangelização renovada terá de passar por uma purificação e por uma fé mais esclarecida de todos os cristãos. A evangelização, neste tempo e deste mundo tem de ser pensada e vivida por aqueles e aquelas que, radicalmente seguem o Evangelho.

A tarefa de evangelizar constitui a vocação essencial da Igreja, sendo por isso um objeto contínuo de reflexão na vida de todo o povo de Deus. O Evangelho é a fonte da qual todo

[3] Exortação Apostólica *Evangelii Nuntiandi* (=EN).

[4] Directório Geral da Catequese (=DGC).

aquele que evangeliza deve beber para que possa oferecer dessa bebida a todos aqueles que se sentem sedentos. Assim o homem para que possa ser evangelizador, tem de se deixar evangelizar primeiro, de forma que a frescura do Evangelho se mantenha sempre viva, para que, à semelhança de Jesus "*o primeiro e o maior evangelizador*" (EG 12), o homem seja autêntico na receção e na transmissão da Palavra do Evangelho. Porém, para que tal aconteça é imprescindível uma unidade de todos os cristãos, evitando divisões e valorizando a verdade e a caridade para com todos (Cf EN 76-78). Não faltarão, certamente, dificuldades tais como o cansaço, a desilusão ou o desinteresse (Cf EN 80). É preciso força na certeza de que Deus dá sempre novas oportunidades e novos desafios, porque "*quem arrisca, o Senhor não o desilude*" (EG 3), mostrando, pelo contrário, a verdadeira arte de viver. Dar a conhecer Jesus Cristo é um caminho de felicidade.

Para ser evangelizador de Cristo é necessário, em primeiro lugar, ser testemunha da caridade. A evangelização é, antes de tudo, uma questão de amor. A solidariedade e o amor aos homens, especialmente aos mais pobres e aos que sofrem, estão inseparavelmente unidos ao amor de Deus que impele à evangelização (Cf EG 186).

Uma reflexão sobre a missão de evangelizar não pode partir apenas de conceitos teóricos, mas de experiências pessoais, de factos, de uma realidade salvífica: do próprio Cristo evangelizador. Ele é o exemplo vivo da missão, o grande evangelizador, o próprio Evangelho, o anúncio, a Boa Nova.

Hoje, na Igreja, fala-se da *nova evangelização*[5]. Esta não consiste no anúncio de um novo Evangelho ou de eliminar aquele que já existia. Toda a novidade de que se fala não atinge, de modo algum, o conteúdo da mensagem evangélica que é imutável, uma vez que Cristo é o mesmo hoje e sempre. Esta novidade afeta o estilo, o esforço, o ardor, os métodos e

---

[5] Cf CELAM, *Catequese para a América Latina, Documento de trabalho da CELAM para o Sínodo de 1977*, 24.

as expressões do anúncio da Palavra. É nestas atitudes que se aprecia, especialmente, a beleza da ação pastoral.

Falar de nova evangelização não significa que a anterior evangelização tenha ficado esquecida ou tenha sido inválida. Pelo contrário, há novos desafios aos quais é urgente dar uma nova resposta. Não é a proposta de um novo Evangelho diferente do primeiro. Há um só e único Evangelho, do qual se podem retirar novas luzes e novas ideias para responder aos novos problemas, formando comunidades maduras na fé que possam dar respostas à nova situação em que vive o homem provocada por mudanças sociais e culturais da atualidade (Cf EG 14-18).

Que seria dos homens se os Apóstolos não obedecessem à ordem do Mestre e tivessem ficado parados? Todavia com a força do Espírito avançaram e foram até aos confins da terra.

Todas as religiões possuem, no seu interior, a força para ir em busca da felicidade que realiza o sentido da vida. Batizado ou cristão que não sinta a necessidade de ir, está *doente* e muito dificilmente se salvará, porque sozinho ninguém se salva.

Século a século, as formas de partir para a missão foram-se mudando: a pé, de carro, de avião, de barco... Vontade da missão é ir onde há gente para evangelizar e para amar.

Muitos são aqueles que partem e que vão de casa em casa, de terra em terra, dando testemunho de vida e de partilha. Quem assim não procede não tem o sentido de Deus, nem da Igreja, porque o missionário não deve dar testemunho de si, mas d'Aquele que o enviou.

A presença missionária em culturas diferentes leva a descobrir o coração das pessoas. E sem uma verdadeira *inculturação* não pode haver conversão, pois sem esta vertente não existe evangelização.

A nova evangelização tem de passar, necessariamente, pela cabeça e pelas mãos, isto é, pelas obras de todas as pessoas que se afirmam crentes. A Igreja não pode deixar de repetir copiosamente o grito de Paulo: *"ai de mim, se eu não evangelizar"* (1 Cor 9, 16). A evangelização é uma tarefa importante na adesão pessoal a Cristo e à Igreja por parte de todos os batizados que não vivem, verdadeiramente, a energia do cristianismo pelo motivo de terem perdido o sentido da fé ou porque já não se reconhecem como membros da Igreja, distanciando-se de Cristo e do Evangelho (Cf RM 33). O principal objetivo da nova evangelização é permitir a cada homem entrar em contacto com Cristo e com a Igreja. Para que tal se concretize a Igreja não pode ficar fechada em si mesma, mas tem de ser uma Igreja em "*saída*" (EG 20) que vá ao encontro de todos aqueles e aquelas que, pelos vários motivos, se afastaram do caminho de Jesus Cristo que é o caminho da felicidade.

A inculturação é uma necessidade urgente para o anúncio do Evangelho que deve ser a cura para os males atuais da sociedade. Cristo continua como o protagonista e homem como instrumento da evangelização, não podendo esta realidade ficar esquecida, pois se os homens "*não encontram na Igreja uma espiritualidade que os cure, liberte, encha de vida e de paz, ao mesmo tempo que os chame à comunhão solidária e à fecundidade missionária acabarão enganados por propostas que não humanizam nem dão glória a Deus*" (EG 89). Através da inculturação a Igreja torna-se Igreja universal, surgindo de cada comunidade uma porção do povo de Deus, formando assim uma relação de mútua interioridade entre Igrejas, ou seja, uma unidade na diversidade dos povos, havendo assim "*uma necessidade imperiosa de evangelizar as culturas para inculturar o Evangelho*" (EG 69).

O compromisso da nova evangelização terá de ser vivido num clima de diálogo com todas as religiões. O diálogo é substancial, uma vez que é a partir dele que se constrói a verdadeira fraternidade e é ele que se converte num grande e poderoso meio de evangelização. Por sua vez gera, ainda, o encontro pessoal com Deus. A importância do diálogo no anúncio da Boa Nova está em saber comunicar com todas as culturas e com todas as religiões. Pelo diálogo são possíveis, ao homem, experiências, discernimentos e avaliações acerca dos problemas existentes na sociedade e na própria vida. É pela comunicação que a Humanidade chegará a uma cultura do encontro tão necessária e importante nos dias de hoje.

Recentemente[6] chegou a Exortação Apostólica *Evangelii Gaudium* que oferece as recomendações extraídas do Sínodo dos Bispos sobre a Nova Evangelização e a Transmissão da Fé que decorreu em outubro de 2012. Todo o documento, para além da sua simplicidade, beleza e densidade dá indicações, no que diz respeito à reforma da Igreja, inserindo outras questões pertinentes do contexto da sociedade atual. O texto oferece um conteúdo programático à Igreja, no qual, ela deve sair de si mesma e ir ao encontro das pessoas nas periferias existenciais e do mundo (Cf EG 110, 118).

O Papa afirma que *"Não é função do Papa oferecer uma análise detalhada e completa da realidade contemporânea"* (EG 52) e, continua, *"mas animo todas as comunidades a «uma capacidade sempre vigilante de estudar os sinais dos tempos.»"* (EG 51). Insiste, ainda, na participação e na subsidiariedade que, dentro da Igreja deve estar em contínua reforma, de modo a que novos ares possam entrar nela, permitindo uma reflexão teológico-crítica e uma abertura ao diálogo com o mundo.

O fundamental da missão da Igreja é levar o Evangelho a todos os corações. Foi o que Jesus fez pela Sua mensagem e pelo testemunho na Sua humanidade e na Sua divindade, sendo também a tarefa e a missão de cada homem. Como arauto de toda a evangelização, Cristo continua, agora, a ser o arauto das novas formas de evangelização. Esta não pode

---

[6] Novembro de 2013.

ser um simples ornamento situado no passado. A evangelização renovada, de acordo com as ideias conciliares e pós-conciliares tem de envolver sobretudo a vida dos cristãos, das comunidades, e do mundo em geral. Em comunidade, o homem chegará ao bem desejado por Deus: a felicidade humana (Cf Mt 5, 1-12). Tal satisfação acontece quando o homem sabe abrir o seu coração à Palavra de Deus, esquecendo preconceitos e ou ideais culturais e religiosos.

Conceito de Missão

As palavras missão e evangelização embora sendo palavras semelhantes cada uma delas tem significados diferentes. Enquanto que a missão é o acto de enviar, a evangelização implica o que se há-de fazer no âmbito social e humano. Evangelizar significa comunicar a alegria da boa nova de que Cristo é o Salvador esperado. Os apóstolos são enviados como missionários para anunciarem a Boa Nova, para evangelizar.

Evangelização e missão são termos diferentes, que possuem origens e sentidos diferentes. Evangelização vem de "euangélion" e, como já afirmamos, refere-se ao anúncio dessas boas novas. Missão vem do termo "apostéllo" ou "apóstolo", que significa enviado. Refere-se historicamente ao envio da Igreja ao mundo para conduzi-lo para Deus. A evangelização é tarefa prioritária da Igreja em sua missão. Em certo sentido também tudo o que a Igreja faz no mundo, como comunidade apostólica, visa o conhecimento de Deus revelado em Jesus Cristo. Mas, no sentido restrito, missão é mais ampla que evangelização, pois se refere à própria presença da Igreja no mundo e sua própria natureza.

CAPÍTULO II

A Missão como Convite. Queres ser missionário?

" Jesus ao ver as multidões, encheu-se de compaixão por elas. " (Mt 9, 36)

Neste momento auge da história do ser humano é necessário, mais do que nunca, ser-se anunciador do Evangelho. É importante que se difunda com todas as forças a Palavra do Salvador, a verdade de Deus, trabalhando de modo particular para a transformação da realidade temporal segundo o Espírito evangélico[7]. É preciso vencer a tentação da falta de coragem. Muitos são os factos negativos, mas não nos podemos deixar levar pelo nosso pessimismo. Onde está a confiança na bondade e na misericórdia de Deus?

Todo o cristão é um homem conquistado por Jesus Cristo, daí ser um desejo anunciá-Lo, custe o que custar. É a própria fé que nos leva a ser verdadeiros missionários.

É a Igreja que após séculos marcados por destruições e violências oferece à humanidade o Evangelho tanto do perdão como da reconciliação, para que se consiga construir uma paz autêntica.

Ser missionário é ter o mesmo entusiasmo dos primeiros cristãos, contando com a mesma força do Espírito que foi derramado sobre nós no dia de Pentecostes e, que hoje, nos coage a seguir de novo sustentados por uma esperança que "não nos deixa confundidos"[8]

Cristo tem de ser proposto a todos com muita confiança, às famílias, aos adultos, aos jovens, às crianças... sem nunca se esconder as exigências da mensagem evangélica, adaptando-a a um nível de sensibilidade e também de linguagem, face à situação de cada um. Também deste modo agiu S. Paulo: "Fiz-me tudo para todos, para salvar alguns."[9]

Só Deus é que pode saciar a fome e a sede daqueles que o procuram. E são muitos.

---

[7] *Redemptoris Missio*, 86
[8] Rm 5, 5
[9] 1 Cor 9, 22

Estar em missão é ajudar a descobrir este Deus, é ajudar a encontrá-Lo. É esta a maior urgência de todos os tempos.

Na Encíclica de João Paulo II, *Redemptoris Missio*, diz: "Membros da Igreja por força do baptismo, todos os cristãos são corresponsáveis pela actividade missionária. A participação das comunidades e dos indivíduos cristãos neste direito - dever, é chamada «cooperação missionária» ".

A missão é universal. A participação nesta é sinal de maturidade da própria fé e também de uma vida cristã frutífera.

A oração, o sacrifício e o testemunho de vida cristã são formas de cooperação missionária. Os missionários precisam que se reze por eles. Já S. Paulo pedia aos cristãos para rezarem por ele para que o anúncio da Palavra de Deus não fracassa-se e fosse eficaz.

Todos nós temos de reafirmar a prioridade, digamos assim, da doação total à obra das missões ao longo da nossa vida, porque, o anúncio e o trabalho das missões requer homens e mulheres que consagrem a suas vidas ao serviço do Evangelho.[10]

A caridade alma da missão

Segundo Bento XVI: "Ser missionário é amar a Deus com todo o ser, até dar, se necessário, a vida por Ele."

É necessário Evangelizar, criar vocações, é urgente seguir O Senhor pela caridade, pelo amor ao nosso próximo.

Todos devemos ser evangelizadores pela mesma causa: Jesus Cristo. Na verdade é essa a missão da Igreja.

O mundo precisa de nós, tal como nós precisamos do mundo. Somos poucos, mas somos bons e devemos saber dar sempre o nosso melhor pelo próximo em Jesus Cristo.

---

[10] *Catecismo da Igreja Católica.* Gráfica de Coimbra, 1993. Nº 849-850

Na verdade, se a missão não se orienta para a caridade, reduzir-se-á a uma simples actividade igual a todas as outras existentes na sociedade.[11]

Deus manifestou o Seu amor para connosco, enviando-nos o Seu Filho para que por Ele todos nós vivêssemos. A difusão deste amor, foi o mandato que o Senhor confiou aos Apóstolos. É com eles que a comunidade cristã é chamada a fazer conhecer que Deus é Amor. Portanto, ser missionário significa amar a Deus com todo o se e, se necessário, dar a vida por Ele. Muitos são os missionários que têm dado verdadeiro testemunho de amor com o martírio.

Missionário é aquele que se inclina como o Samaritano para as necessidades dos outros, especialmente dos mais pobres e carenciados. A acção da missão ultrapassa fronteiras tanto a nível geográfico como a nível cultural.

Desde sempre a Igreja fez opção pelos pobres porque são eles que mais precisam da dela. Para lá das possíveis ajudas materiais, precisam de uma palavra de conforto, de carinho e de esperança. Sabemos perfeitamente que a religião crista é a religião da misericórdia. À Igreja interessa salvar o homem todo e todos os homens. E como vemos por esse mundo, onde falta a ajuda do Estado, muitas vezes, lá está a ajuda da Igreja, embora muitas vezes escondida.

A Igreja é, por força do Espírito Santo, a continuadora da missão de Jesus Cristo.

Bento XVI convida-nos a reflectir sobre o amor de Deus aos homens que se manifesta, essencialmente, na cruz e na ressurreição do Seu Filho Unigénito Jesus Cristo, morto e ressuscitado por Amor.[12]

---

[11] Bento XVI *Mensagem para o Dia Mundial das Missões*. 2006

[12] Bento XVI *Mensagem para o dia Mundial da Juventude.* 2006

É no anunciar e proclamar a Boa Nova do amor e da salvação de Cristo a todos os povos que consiste a missão da Igreja. Mas para que isto aconteça é necessário ir ao encontro de Jesus Cristo vivo.

Todos os discípulos e missionário de Jesus devem conhecer e ensinar que Deus é amor, vivendo em comunhão com Ele. " O amor, é e segue sendo, a força, a fonte, o critério, o princípio e o fim da missão".[13]

Para se ser missionário de Cristo é necessário, em primeiro lugar, ser testemunhas do amor. A missão é antes de tudo uma questão de amor. A solidariedade e também o amor aos homens, especialmente os mais pobres, são inseparavelmente unidos ao amor de Deus que nos impele à missão.

De facto ser missionário é saber amar, é acima de tudo querer amar.

A missão é caridade e a caridade é missão pelo amor de Deus que queremos transmitir aos outros.[14]

A missão é estar em serviço

A Igreja é sacramento de salvação e é nela que se manifesta o amor e a solicitude de Deus para com o seu povo. Evangelizar é libertar, restituir dignidade à pessoa humana.

É necessário mostrar à Humanidade que o Evangelho é o centro da vida. Tem de ser um pólo de unificação não desintegrador. A missão é necessária para a libertação do ser humano.[15]

O Evangelho não é para ser imposto, mas sim proposto, aceite de livre vontade.

[13] *Redemptoris Missio,* 60

[14] *Catecismo da Igreja Católica.* Gráfica de Coimbra, 1993. Nº 1122, 1533, 1565, 2044, 241.

[15] *Catecismo da Igreja Católica.* Gráfica de Coimbra, 1993. Nº 6, 730, 738, 768, 873

Acima de tudo é necessário conhecer as realidades do mundo. Dizia o Santo Padre Paulo VI – "A essência da Igreja é a missão". Sendo assim a evangelização na e da Igreja não pode parar.

A preocupação de evangelizar deve estar sempre presente na missão da Igreja. Mas no decorrer da história, nem sempre, a evangelização foi feita da melhor maneira, nem nos melhores moldes.

O concilio Vaticano II levou a Igreja a tomar consciência da sua universalidade.[16]

Todos os temas da teologia crista apontam para a evangelização tal como também suscitam à contemplação e à vivência do mistério divino.

Todo aquele que é missionário tem de abandonar a pretensão de poder dar a salvação. A Igreja não recebeu capacidades para realizar a salvação do homem, muito menos para o obrigar a uma salvação feita por ele. A acção missionária consiste em fazer com que o homem entre na Igreja, permanecendo fiel, e a salvação será uma consequência dessa pertença. A salvação do homem não consiste no oferecimento de uma salvação já estruturada de tal forma que basta entrar na estrutura para ser salvo. É preciso trabalho, esforço para que se possa obter a salvação, porque a Igreja não é salvadora do homem. O Salvador é Jesus Cristo.

A salvação do homem tem de nascer no coração do próprio homem, uma vez que o Espírito Santo é dado, não à Igreja, para que esta o desse ao homem, mas dado ao homem embora por meio dos homens.

Jesus anuncia e exorta. O Seu anúncio tem como objectivo a preparação do reino de Deus que se realiza por meio de palavras e de obras. A Sua exortação é o apelo ao homem para que entre em consonância com o reino de Deus.

---

[16] *Gaudim et Spes - Concílio Vaticano II.* Gráfica de Coimbra. 1998

Para ir ao encontro dos outros, todo o missionário prescinda de ser capaz de prescindir da própria cultura, tendo de conhecer a linguagem própria do outro a fim de poder iniciar um diálogo.

A conversão é um processo lento e progressivo. Vivendo totalmente na dependência das pessoas que pretende evangelizar, o missionário não tem o direito de esperar a resposta concreta da conversão do homem.

O serviço de Jesus Cristo e do missionário é levar o outro a um nível humano em que os homens se encontram no respeito mútuo e numa busca comum da verdade.

Como baptizados temos a responsabilidade de "servir o Evangelho que não pode considerar-se como uma aventura solitária, mas o empenhamento que cada comunidade partilha."[17]

---

[17] Bento XVI *Mensagem para o dia Mundial da Juventude.* 2006. Nº 4

CAPÍTULO III

A Missão como Envio. A coragem para partir

"Ide pelo mundo inteiro e pregai o Evangelho a toda a criatura." (Mc 16, 15)

Foi esta a vontade que Jesus Cristo deixou aos seus discípulos. Foi este o seu mandato. Para ir, não podemos ficar presos, nem no tempo nem no espaço. Que seria de todos nós se os Apóstolos não obedecessem à ordem do Mestre e tivessem ficado parados? Mas com a força do Espírito avançaram e foram até aos confins da terra.

Como sabemos, todas as religiões possuem no seu interior a força para ir em busca da felicidade que realiza o sentido da vida. Baptizado ou cristão que não sinta a necessidade de ir, está "doente" e muito dificilmente se salvará porque sozinho ninguém se salva.

Usando a expressão de Elisabette Leseur "Salvamo-nos salvando os outros".

Século a século, as formas de partir para a missão foram-se mudando: a pé, de carro, de avião, de barco... Vontade da missão é ir onde há gente para evangelizar.

Muitos são aqueles que partem e que vão de casa em casa, de terra em terra, dando testemunho de vida e de partilha. Quem assim procede não tem o sentido de Deus, nem da Igreja, porque o missionário não deve dar testemunho de si, mas d'Aquele que o enviou.

A presença missionária em culturas diferentes leva a descobrir o coração das pessoas. E sem uma verdadeira inculturação[18] não pode haver conversão.

A construção do Reino

Depois de ter chamado os seus discípulos, Jesus Cristo, escolheu doze e nomeou-os apóstolos.

Jesus pregou um reino de paz, amor, justiça, fraternidade..., enviando os seus discípulos dizendo-lhes: "Ide por todo o mundo... e que quiser será salvo."[19] As palavras "quem quiser" que Jesus utiliza, querem dizer que, quem acolher a mensagem da Boa Nova e, quem puser em prática os seus mandamentos terá a vida eterna juntamente com o Pai, isto é, passa a pertencer à família de Deus.

Todos os católicos são a grande família de Deus.

Ser missionária faz parte da verdadeira identidade de Deus. a Igreja sempre teve apreço pelos carenciados, sempre lutou pela integridade do homem e da mulher, semeou o sabor da eternidade na vida que passa tão apressadamente. E todos aqueles que foram fiéis à missão, todos os que fizeram parte da construção do Reino de Deus, têm os seus nomes escritos na história de Deus e também na história dos homens. Podem-se apagar os nomes daqueles que fizeram a história dos homens, mas os nomes daqueles que contribuíram para elevar o homem até à eternidade, esses jamais serão esquecidos.

Hoje tal como ontem, o mundo a evangelizar tem muitas formas e muitas culturas diferentes.

Missionário é o que anuncia a Palavra, tanto escrita, como falada. A missão opta por todos os meios de comunicação, para fazer descobria a Deus no coração de cada ser humano.[20]

---

[18] Termo utilizado por antropólogos americanos e utilizado pela 1ª vez em 1977 num documento oficial da Igreja

[19] Mt 16,15

[20] *Ad Gentes - Concílio Vaticano II.* Gráfica de Coimbra. 1998. Nº 6-7

A necessidade de Deus por parte do homem

A Igreja não pode deixar de repetir, copiosamente, o grito de Paulo: "ai de mim se não evangelizar". Contudo, a missão de Jesus Cristo está deveras longe de atingir o leque dos seus destinatários, ou seja todos os homens.[21]

A Igreja está perante novos desafios e o maior desafio é a renovação da vida cristã naquelas que são as velhas cristandades da religião pouco esclarecida, mas que deve manter-se forte.

Hoje o mundo está, digamos, sem alma, sem força, sem vigor, sem valores. Estamos a viver uma "crise de valores". Esta crise não toca, de modo preciso, o conceito de pessoa. Todavia vivemos uma crise generalizada e global. Isto já não se trata apenas de uma questão teórica, mas é já algo que está presente na vida das pessoas. já não são apenas os teóricos que se ocupam deste problema, mas todo o homem comum se apercebe e fala desta crise.

A crise não diz respeito à não existência de valores, mas sim ao discernimento desses mesmos valores, uma vez que a hierarquia destes começou a desaparecer. Hoje, cada um, é convidado a construir a sua própria escala de valores. Daí esta crise porque caímos numa individualidade.

Cria-se uma ética própria que deixa de ser hierarquizada. Se cada um cria uma ética para si mesmo, não se pode propor isto como sendo uma ética universal. O que caracteriza a nossa época, e em si o homem que nela existe, não é uma questão de crise, mas sim a consciência da intensidade da universalidade da mesma.

Esta crise não é inocente. A Igreja tem de ter consciência da sua universalidade.

Com tudo isto, é necessário que os teólogos exponham de forma sistemática os vários aspectos da missão, que se faça um relance da missão comprometendo, desta forma, as

---

[21] *Ad Gentes - Concílio Vaticano II*. Gráfica de Coimbra. 1998. Nº 8

igrejas locais, não esquecendo a dimensão orante de Cristo que reza ao Pai, antes de qualquer acontecimento importante.

A missão tem de ser pensada e também vivida à volta de pessoas que radicalmente seguem o Evangelho.

CAPÍTULO IV

A Missão: um desafio

"A missão é o primeiro serviço que a Igreja presta ao homem e à humanidade inteira no mundo de hoje." (*Redemptoris Missio*, 2)

A missão é a força viva no meio dos povos. Com humildade e com coragem, o missionário é a voz dos pobres. Têm o compromisso da vida toda ao serviço dos irmãos, apesar de estarem muitas vezes conscientes da sua fragilidade e insuficiência. Todavia, dedicam aos outros todas as suas energias, vencendo dificuldades e perigos, incompreensões, suspeitas e perseguições. A missão é um verdadeiro desafio e sempre esteve ligada a gente corajosa.

O que é certo é que a Igreja, e nela cada cristão, não pode esconder nem guardar para si a riqueza insondável da fé e da salvação. A Igreja tem de anunciar a Boa Nova, tem de testemunhar a fé e também a vida crista como sendo um serviço aos irmãos e uma resposta a Deus.

“A tarefa fundamental da Igreja de todos os tempos, e particularmente do nosso, é a de dirigir o olhar do homem e orientar a consciência e experiência da humanidade inteira para o mistério de Cristo.”[22]

A missão universal da Igreja nasce da fé em Jesus Cristo o único Salvador. “Não há salvação em nenhum outro”.[23]”O Verbo é a luz verdadeira que a todo o homem ilumina.”[24]

Hoje em dia apercebemo-nos que o espírito missionário esmoreceu. A oração é algo de fundamental para a missão. O próprio Jesus[25] insistiu ao dizer:”pedi e recebereis”. Também Santa Teresinha do Menino Jesus rezou muito e sacrificou-se na clausura do Carmelo, sedo declarada Padroeira das Missões.

Outra forma de ser missionário é partilhar os bens que temos. O Concílio Vaticano II abriu as portas à dimensão da promoção humana. Tudo o que se possa fazer é necessário, mas não nos podemos esquecer que o essencial está no ensino da Palavra de Deus que leva a reconhecer a maior realidade do Evangelho de que Deus é nosso Pai, todos nós somos irmãos e devemos ser parte integrante da família de Deus. Tudo o resto virá por acréscimo.

O compromisso, o desafio da missão tem de ser vivido num clima de diálogo com todas as religiões. Temos de ultrapassar os muros de rancores e de vinganças no diálogo do dia-a-dia que exige a convivência diária. A reconciliação é a forma intensa do diálogo.

O desafio da missão é o desafio da fé vivida e transmitida em diálogo vital quotidiano.

Num mundo de pouca fé, que cada vez mais decresce, que é reaccionário à fé e a Deus, há que lembrar ao homem a sua origem e fazer voltar o mundo ao paraíso como Deus o criou.

---

[22] João Paulo II *Redemptoris Missio*

[23] Act 4, 10, 12

[24] Jo 1, 9

[25] *Ad Gentes - Concílio Vaticano II*. Gráfica de Coimbra. 1998. Nº 2, 4.

O Espírito[26] chama-nos "a lançarmo-nos para o futuro que nos espera,[27] e a testemunhar e a confessar Cristo «agradecendo as maravilhas que Deus fez por nós»".

Há que olhar para o futuro com fé e esperança, dando responsabilidade a todos os membros do povo de Deus. Quem, verdadeiramente, encontra Jesus Cristo tem de ser capaz de O anunciar. Há que propor Jesus ao mundo.

Agora, mais do que nunca, o testemunho de vida tornou-se uma condição essencial para a eficácia da evangelização. A Igreja deve testemunhar o seu zelo quanto à acção missionária criativa e libertadora.

É urgente apostar fortemente na missão. Jesus já veio à dois mil anos como primeiro missionário do Pai.

Missão é transmitir o anúncio da salvação para todos,[28] da alegria para todos, do pão para todos, de carinho e de amor para todos. Missão é auscultar o desígnio de Deus e deixar que Deus faça a história, estando nós atentos aos seus múltiplos apelos na comunidade, na sociedade, na família, nos pobres. Nós apenas somos instrumentos da missão, sendo só Deus o protagonista.

De, de algum modo, pretendermos resumir a actividade missionária numa única palavra, será diálogo. O diálogo é essencial porque é ele que constrói a verdadeira fraternidade e é ele que se converte num grande e poderoso meio de evangelização. A importância do diálogo na missão está em saber comunicar com os agentes da missão e também com as culturas aos quais estes pertence.

A missão realiza-se através deste diálogo em comunidade. Um diálogo que é de experiências, de discernimento, de avaliação e, obviamente, de oração e celebração. Já

---

[26] *Ad Gentes* - Concílio Vaticano II. Gráfica de Coimbra. 1998. Nº 2, 4

[27] João Paulo II *Novo Millenio Ineuente.* 3

[28] *Lumen Gentium* – Concílio Vaticano II. *Gráfica de Coimbra. 1998. Nº 16*

dizia Jesus: "Que todos sejam um, ó Pai, como tu e eu somos um, a fim de que todo o mundo acredite".[29]

A missão que se funda na comunhão fraterna transforma-se, digamos, num testemunho visível da presença viva de Jesus Cristo. A missão do missionário é servir e amar o povo a que se dirige, e testemunhar-lhe um Deus que é amor, comunidade, justiça, compaixão, perdão e paz.

Será esta a atitude verdadeira que poderá levar o homem à conversão.

Possamos gritar bem alto: "Para mim viver é Cristo".

É esta a nossa grande Missão. Anunciar ao mundo que é Cristo que vive dentro de nós.

---

[29] Jo 17, 21

Jonas: uma história missionária

"Dispõe-te, vai à grande cidade de Nínive e clama contra ela,...Jonas se dispôs, mas para fugir da presença do Senhor, para Társis..." (Jn 1.2a, 3a).

Geralmente quando se fala do livro de Jonas, destaca-se a desobediência e a fuga de um profeta de Deus. Mas, apesar de destacar a desobediência e a rebeldia de um homem de Deus, o livro de Jonas regista mais atitudes de obediência do que de desobediência, de submissão à ordem do Criador do que de rebeldia. Podemos afirmar que o livro do profeta desobediente é o livro da obediência. O livro do profeta rebelde é o livro da submissão à vontade de Deus.

No livro de Jonas toda a criação se submete e segue as ordens do Criador: O vento forte (1.4), o mar agitado (1.12, 15), o grande peixe (1.17; 2.10), a planta (4.6), o minúsculo inseto (4.7), o vento quente e calmo (4.8). Há neste livro uma sintonia quase perfeita entre o Criador e a criatura, entre ordem e obediência, entre determinação e submissão. É uma sintonia quase perfeita porque um único ser em toda a criação resolve opor-se e rebelar-se contra a ordem do Criador. Toda a criação se submete, exceto o homem. Por incrível que pareça, nós seres humanos, entre todas as criaturas, podemos tornar-nos um fator complicado no cumprimento da Missão de Deus. Isso acontece quando resolvemos andar na direção contrária ao propósito de Deus neste mundo. À semelhança de Jonas, às vezes, queremos mudar a mente de Deus, os seus métodos e a sua maneira de agir ao invés de mudarmos o nosso coração. Há momentos em que cometemos a insensatez de querermos dizer a Deus o lugar, o tempo e as pessoas que devem ser evangelizadas. Mas, isso é rebeldia! Ele já disse que o lugar é "todo lugar", que o tempo é "em todo o tempo", e que as pessoas, são "todas as criaturas". Missão é uma questão de obediência. Mesmo com este ato de rebeldia, Deus mostrou a Jonas quem de fato manda! Quem de fato é o Senhor! Mesmo contra a sua própria vontade o resultado da sua obediência foi impressionante.

Houve uma conversão em massa! A sua mensagem, apesar de dura e sem compaixão, teve cem por cento de aproveitamento (3.5-10). A experiência de Jonas ensina-nos que o que Deus requer de nós, os seus servos, é somente obediência.

Missões: uma questão de compaixão

Por isso, me adiantei, fugindo para Társis, pois sabia que és Deus clemente, misericordioso, tardio em irar-se, grande em benignidade, e que te arrependes do mal. (Jn 4.2b)

Quando se fala da fuga de Jonas procura-se explicar as razões e os motivos que o levaram a fugir ao invés de obedecer a Deus. Geralmente atribuem a sua fuga ao seu etnocentrismo, ou seja, ao seu entendimento que Javé era o Deus exclusivo dos israelitas. No entanto, o real e verdadeiro motivo da sua fuga e desobediência foi revelado por ele mesmo na sua desgostosa oração. Ao ver a conversão dos ninivitas e o perdão de Deus sobre as suas vidas, Jonas ficou irado e desgostoso com o Senhor. Com esta sua atitude Jonas tornou-se o único profeta-missionário que se entristeceu com a conversão dos seus ouvintes. Mas, porquê esta atitude tão mesquinha? Na sua oração Jonas revelou o que estava por trás da sua fuga e da sua estranha reação à conversão dos ninivitas. Ele disse: "Eu fugi porque conhecia o teu caráter misericordioso,...fugi porque eu sabia que tu és Deus clemente, benigno, tardio em irar-se e que te arrependes do mal" (4.2b). Jonas queria tudo, menos que Deus usasse de misericórdia e compaixão com os ninivitas. Jonas era um profeta destituído de compaixão. Ele pregava desejando a condenação e não a salvação dos pecadores; ele pregava para ver a justiça de Deus ser executada e não o seu amor a ser demonstrado; ele pregava com o desejo ver o juízo de Deus sobre as pessoas, e não o seu perdão. Ou seja, faltava a Jonas compaixão; e essa foi a razão maior da sua fuga.

A falta de compaixão transforma a obediência num fardo pesado, torna-nos pessoas mal humoradas, carrancudas e severas no tratamento dos pecados alheios. A ausência de compaixão nos nossos corações torna-nos pessoas incapazes de ver gente como gente, de valorizar mais pessoas do que coisas, e de nos movermos em direção aos perdidos, aos necessitados e aos desprovidos de Deus neste mundo. Por isso, concluímos que *sem compaixão não há missão*. Podemos ter pessoas vocacionadas, recursos financeiros, treino especializado, missionários bem preparados, agências e juntas de missões, estratégias e projetos bem elaborados, e dons espirituais; mas, nada disso funcionará se não houver compaixão, corações sensíveis às necessidades das pessoas, e se não formos capazes de enxergar com os olhos do coração. Seguramente, a força impulsionadora da obra missionária é a compaixão gerada pelo Espírito. É possível que a passividade, a lentidão e a falta de envolvimento de alguns no cumprimento do mandato missionário estejam relacionados com a ausência deste nobre sentimento nos seus corações. É preciso que estejamos atentos! O tempo passa, acostumamos-nos com Deus, com a igreja, com atividades religiosas, com cultos semanais, e, quando menos esperamos, tornamos-nos religiosos. E aí está o grande perigo! A religiosidade mata a compaixão (Lc 10.29-37)! Se isso já aconteceu com alguns de nós, peçamos ao Senhor a restauração deste sentimento. Porque missão é também uma questão de compaixão. O trabalho missionário realizado por Jesus é o nosso maior paradigma. Mateus diz que Ele (Jesus) percorria todas as cidades e povoaçõs ensinando, pregando e curando. No entanto, ele revela que a força impulsionadora da sua missão era a compaixão, pois, “Vendo ele as multidões, compadeceu-se delas,...” (Mt 9.35, 36a).

Conclusão

Todos os membros da Igreja têm a missão de evangelizar, conforme o apelo das circunstâncias e a vocação pessoal de cada um. Os clérigos e os leigos formam uma única categoria de batizados com a mesma missão de evangelizar e fazer discípulos onde se encontram.

Existem muitos métodos e formas de evangelizar. A igreja local é o melhor lugar para transmitir a palavra de Deus, ela se transforma numa agência evangelizadora através de ações que envolvem pessoas. Os cristãos devem agir como transmissores do que ouvem e aprendem na Igreja.

Os cristãos leigos têm uma missão especial na sociedade. Pelo batismo, receberam a vocação que devem viver intensamente para o serviço do Reino de Deus. A constituição Lumen Gentium (38) afirma que cada leigo deve ser perante o mundo, testemunha da ressurreição e da vida do Senhor Jesus e um sinal de Deus vivo. Todos em conjunto, e cada um por sua parte, devem alimentar o mundo com frutos espirituais e nele difundir aquele espírito que anima os pobres, mansos e pacíficos, que o Senhor no Evangelho proclamou Bem-aventurados.

O testemunho consiste no compromisso de uma vida autenticamente cristã. Ser testemunha é algo que abrange toda ação que possa tornar presente e perceptível o desígnio divino diante do mundo. Os cristãos são chamados à santidade nas condições, tarefas e circunstâncias da própria vida (LG 41). Cada cristão deve esforçar-se para sua santificação. O apóstolo Paulo afirma que esta é a vontade de Deus (1Th 4, 3).

A palavra de Deus deve ser o canal pelo qual entendemos a vontade de Deus na nossa vida. Os seguidores de Cristo devem fazer a palavra de Deus ser o alimento diário de sua vida. O Senhor espera que todos os batizados creiam Nele, aceitem o seu Evangelho eterno e vivam em harmonia com seus termos e suas condições. Não cabem a eles escolher alguns princípios do Evangelho e obedecer aos que lhes são agradáveis e esquecer-se do resto.

Portanto, o papa chama todos os cristãos a serem conscientes de sua missão evangelizadora através de uma vivência autêntica da vida cristã conforme o Evangelho.

O sumo pontífice chama a comunidade dos fiéis (os cristãos) a ser uma Igreja "em saída". Ela deve saber tomar, sem medo, a iniciativa de ir ao encontro dos afastados e de chegar às encruzilhadas dos caminhos para convidar os excluídos.

Ser missionário é uma responsabilidade de todos nós. Não tenhamos medo de anunciar Jesus Cristo ao mundo.

Bibliografia

A. COUTO, *Introdução ao Evangelho segundo Mateus*,

Ad Gentes - Concílio Vaticano II. Gráfica de Coimbra. 1998.

Bento XVI *Mensagem para o dia Mundial da Juventude*. 2006.

Bento XVI *Mensagem para o dia Mundial da Juventude*. 2006.

Bento XVI *Mensagem para o Dia Mundial das Missões*. 2006.

Carta Encíclica *Redemptoris Missio* (=RM).

Catecismo da Igreja Católica. Gráfica de Coimbra, 1993.

Catecismo da Igreja Católica. Gráfica de Coimbra, 1993.

Cf CELAM, *Catequese para a América Latina, Documento de trabalho da CELAM para o Sínodo de 1977*.

Directório Geral da Catequese (=DGC).

Exortação Apostólica *Evangelii Nuntiandi* (=EN).

Gaudim et Spes - Concílio Vaticano II. Gráfica de Coimbra. 1998.

João Paulo II *Novo Millenio Ineuente*.

Lumen Gentium – Concílio Vaticano II. *Gráfica de Coimbra. 1998. Nº 16*

ÍNDICE

Printed by Books on Demand GmbH, Norderstedt / Germany